JN224014

リルリルフェアリル

スピカと魔法のドレス

作・中瀬理香

これは、ふしぎな種から生まれる小さな妖精、
フェアリルのお話。
さあ、このドアを通って、
今日もフェアリルたちに会いにいきましょう……

リトルフェアリル

星光灯台 (せいこうとうだい)

ビューチフォーアイランド

マーメイドフェアリルの海 (うみ)

病院 (びょういん)

マッシュルームフェアリルの村 (むら)

ひみつのどうくつ

いろんな種族(しゅぞく)のフェアリルがくらす世界(せかい)。ふだんは学校(がっこう)へいったり、しごとをしたり、この世界(せかい)の中(なか)でくらしているフェアリルですが、ときにはフェアリルドアを通(とお)ってビッグヒューマル（人間(にんげん)の世界(せかい)）へやってくることも。あなたの近(ちか)くにもフェアリルがいるかもしれません……。

リトルフェアリル
妖精の世界

トゥインクルフェアリル

流れ星をつくる
妖精たち

流れ星をつくるしごとをして
いる、トゥインクルフェアリ
ルの女の子。夢のために、い
つもいっしょうけんめい！

スピカ

すきな食べもの 星くずパンケーキ

ベガ

スピカの親友。
スピカのこと
を、一番よくわ
かってくれる。

すきな食べもの 星くずパフェ

プロキオン

いつもみんな
をもりあげて
くれる、おちょ
うしもの。

すきな食べもの 星くずパン

シリウス

スピカたちの
リーダー役。
頭がよくて
しっかりもの。

すきな食べもの 星くずサラダ

フラワーフェアリル

花の妖精たち

すみれ

ひまわり

りっぷ

りん

ローズ

ビッグヒューマル
人間(にんげん)の世界(せかい)

ゆうき

スピカが出会(であ)う人間(にんげん)の女(おんな)の子。ファッションデザイナーを夢(ゆめ)みていて、いつもスケッチブックをもちあるいている。

フェアリルゴール
リトルフェアリルを見(み)まもる存在(そんざい)。すべてのフェアリルをまとめている。

フェアリルマージ
スピカたちが通(かよ)っていたフェアリルの学校(がっこう)の、校長先生(こうちょうせんせい)。

せいら

前(まえ)にスピカがビッグヒューマルにきたときに、友(とも)だちになった女(おんな)の子。夢(ゆめ)はバレリーナ。

おぼえてね♪ フェアリル用語(ようご)

フェアリル：ふしぎな種(たね)から生(う)まれる小(ちい)さな妖精(ようせい)。

リトルフェアリル：フェアリルのすむ世界(せかい)。

ヒューマル：人間(にんげん)のこと。

ビッグヒューマル：人間(にんげん)のすむ世界(せかい)。

フェアリルドア：いろんな世界(せかい)につながっているふしぎなドア。フェアリルが魔法(まほう)をつかうときにもあらわれる。

フェアリルキー：フェアリルが生(う)まれたときからもっているカギ。このフェアリルキーで、フェアリルドアをあけたり、魔法(まほう)をつかったりする。

フェアリルドア

フェアリルキー

わたしはスピカ。トゥインクルフェアリルよ。学校を卒業して、流れ星をつくるしごとをはじめたばかりなの。フェアリルは、みんなの世界でいう「妖精」みたいなものね。

わたしがすむリトルフェアリルという世界には、ほかにも、フラワーフェアリルやマッシュルームフェアリル、バグズフェアリル……たくさんのなかまがいるのよ。

そのフェアリルが魔法をつかえることは、もう知ってるかな？　その魔法には自分だけのとくべつなカギ、フェアリルキーをつかうってことも。わたしが流れ星をつくるときも、みんなの思いがつまった星くずに、とくべつな魔法をかけるんだ！

リトルフェアリルと、みんなみたいなヒューマル（人間）のすむビッグヒューマルは、小さな小さなフェアリルドアでつながっているんだけど……わたし、この

間、そのドアを通りぬけてビッグヒューマルにいってきたの！

　そこでヒューマルの女の子、せいらと友だちになったんだ。ヒューマルと友だちになれるなんて思っていなかったから、すごくびっくりしちゃった。

　それにね、せいらの思いがつまった星くずで流れ星をつくったら、今までで一番すてきな流れ星になったんだ！

　きっとこれで、今日のテストにも、合格まちがい

なし！

え？　学校を卒業したのに、テストがあるのかって？

もちろん！　わたしがこれからうけるテストは、とびきりきれいな流れ星をつくるテストなの。

そのテストに合格すれば、星座をつくるしごとができるようになるんだ。

わたし、うんとがんばるつもり。

だって、自分だけの星座をつくってみんなを笑顔にすること。それがわたしの夢だから。

ドキドキ！　テストの夜

　スピカが天の川に星を、そーっとそっと流しはじめました。

　今夜は、まちにまった流れ星のテストの夜。

　しんさいんとして、きてくれているのは、フェアリルゴールとフェアリルマージです。

　リトルフェアリルを見まもってくれているフェアリルゴールと、スピカが卒業したセイント・フェアリルスクールの校長先生であるフェアリルマージ。ともにならんで、スピカが流す星を見つめています。

　友だちのベガやシリウスやプロキオンは、もうテストに合格して、のこっているのはスピカだけ。

　はたして、スピカの星は、きれいに流れてくれるでしょうか？

　スピカはむねがドキドキくるしくなって、とても見

ていられないような気もちです。

　でも、勇気を出してフェアリルキーを手にとり、今天の川に流したばかりの星にむかい、呪文をとなえはじめました。

「リルリルフェアリル♪　トゥインクルン♪
ピカピカズピカ、星よ、
夜空の宝石になるリル〜！」

　ベガやシリウス、プロキオンがゴクリとつばをのみこむ音がひびきます。

　でも、心配することはなかったみたいです。

　魔法がかかったスピカの星は、今までで一番きれいに、そして、だれの星よりもキラキラとむらさき色にかがやきながら、天の川をすべるように流れていきました。

「やったぁ！」

　スピカは、思わず大きな声をあげました。

　はたして点数は……！?

　フェアリルゴールが、フェアリルマージと自分の点数星をあつめて、空にふわっとはなちました。

（おねがい！　合格させて！）

　両手を強くにぎりしめ、そう心からいのるスピカの頭上で、点数星がチカチカとまたたきながら数字をつくりはじめました。

　「0……ゼ、ゼロ!?」

　スピカは、ショックで大声を出してしまいます。

　「あれは一の位だよ、ほらつぎが十の位だ」

　シリウスのことばにほっとしながらも、スピカは両手をさらににぎりしめて、つぎの数字をまちます。

「……9！　ってことは……？」

「100点まんてん中の90点

ですよ、スピカ。とてもきれ

いな星ですね。テストは合格です」

　フェアリルゴールがつたえてくれました。

「ほんとう……ですか……？」

　さっきはあんなに大きな声が出たのに、今度は声が

かすれてうまくこたえられません。

　息がつまって、ほっぺたがどんどん赤くなり、頭ま

であつくなってきます。

　ようやく「ほーっ」と息をはきだすと、スピカはあ

らためてフェアリルゴールのことばをかみしめました。

　そう、「合格」。スピカはテストに合格したのです。

　（これでやっと、空にいっぱいわたしのつくった星座

をかがやかせることができるのね！）

　スピカはビッグヒューマルで出会った女の子、せい

らの顔を思いうかべました。

　せいらはバレリーナになるという夢をもっていて、

スピカはその夢をかなえるおてつだいをしたのです。

　そして今日、とくべつにきれいな流れ星を流せたのも、大すきなせいらにきれいな流れ星を見せたいと思い、いっしょうけんめい練習したからなのでした。

　（せいら、ありがとう！　せいらのおかげで、わたしの夢もかなったよ！）

　ベガたちが、「やったね！」「やったな！」と、自分のことのようによろこんでくれています。

　「ありがとう、みんな……！　これからは、いっしょ

にいろんな空に星座をたくさんつくろうね！」

　ところが、みんなはキョトンとした顔になり、スピカを見つめました。

「ぼくたち、まだ星座はつくれないよ？」

　シリウスが、とまどった顔でつぶやきます。

「え？　でもテストに合格したのに？」

　プロキオンが、あきれたようにつけたします。

「これはさいしょのテストだろ？　流れ星をつくるだけじゃなくて、まだまだべつのテストがつづくんだぞ」

「えええええ!?　ほんとうなの、ベガ!?」

ベガもこまった顔<ruby>顔<rt>かお</rt></ruby>で教<ruby>教<rt>おし</rt></ruby>えてくれます。

「ええ、全部<ruby>全部<rt>ぜんぶ</rt></ruby>のテストにうからないと、星座<ruby>星座<rt>せいざ</rt></ruby>はつくってはいけないきまりよ」

　スピカは頭<ruby>頭<rt>あたま</rt></ruby>をかかえてしまいました。

　だけど、おちこんでいても、しかたありません。

「こうなったら、少<ruby>少<rt>すこ</rt></ruby>しでも早<ruby>早<rt>はや</rt></ruby>く星座<ruby>星座<rt>せいざ</rt></ruby>をつくれるように、つぎのテストの準備<ruby>準備<rt>じゅんび</rt></ruby>をしなくちゃ！」

　そんなスピカに、フェアリルマージが、ほほえみかけてくれました。

「えらいわ、スピカ。スピカだけではなく、みんなもぜひ、つぎのテストをがんばってくださいね」

「はい！」

　スピカたちは、元気<ruby>元気<rt>げんき</rt></ruby>よく返事<ruby>返事<rt>へんじ</rt></ruby>をしました。

　さっそく、スピカたち４人<ruby>人<rt>にん</rt></ruby>は練習<ruby>練習<rt>れんしゅう</rt></ruby>をはじめることにしました。

　つぎのテストのかだいは、４人<ruby>人<rt>にん</rt></ruby>の流<ruby>流<rt>なが</rt></ruby>れ星<ruby>星<rt>ぼし</rt></ruby>をあわせて

流星群をつくること。今回のテストでは、4人の星が
きれいにまとまり、なめらかに流れていくことが大切
です。

　ひとりひとりの流れ星だけでも、あれほどきれいな
のに、みんなの星があわさったら、どんなにうつくし
くかがやくことでしょう。考えただけで、スピカはむ
ねがドキドキしてしまいます。

　（よーし、すてきな流星群になるように、わたしの星も
今までよりもっと、かがやかせなくちゃ！）

　「それじゃあ、いくぞ！　せーの！」

　リーダー役のシリウスのかけ声にあわせて、4人は
いっせいに、星を流しました。そして、声をそろえて
呪文をとなえます。

　「リルリルフェアリル♪　トゥインクルン♪
すてきな流星群になるリル～！」

　魔法のかかった星たちが、クルクルとまわりながら、同じ水色へと色をかえ、だんだんとひとつの流星群になっていきます。

　4人は息をつめて、そのようすを見まもります。

　すると、スピカの星が急にうごきを止めたかと思うと、ベガたちの星がかすむくらい、ピカーッと大きなかがやきをはなちました。

「やったね！」

　スピカは、とびあがって大よろこび。

　前のテストよりきれいにかがやかせることにせいこうしたのです。ほこらしい気もちで、スピカはみんなをふりかえりました。

　それなのに、プロキオンは、こう言ったのです。

「だめだなぁ、スピカの星は」

スピカは、めまいがするほどおどろいて、

「どうして、そんなふうに言うの!?　さっきのテスト
で、フェアリルゴールもきれいな星だってほめて
くれたのに!」

　考えるより先に、言いかえしてしまっていました。

「だって、これじゃ流星群にならないじゃないか!」

　プロキオンもまけじと言いかえしてきます。

　ベガとシリウスが、あわててけんかを止めました。

「けんかはよくないよ、もう一度やってみよう?」

　そう言われて、スピカもプロキオンも、しぶしぶ
ともう一度、星を流す準備をはじめました。

　ところが、それからなんど星を
流しても、スピカの星だけが
キラキラと大きくかがやいて、
流星群の流れを止めてしまう
のです。

「これじゃあ、テストにおち
ちゃうよ!」

プロキオンが、くってかかります。

「でも、星はキラキラしたほうがきれいだよ！　流星群だって、うんとキラキラしたほうがきれいにきまってる！」

スピカは、もっと声をはりあげました。

「じゃあスピカは、みんながテストにおちてもいいのかよ!?」

プロキオンにそう言われて、スピカは息が止まりそうになりました。

もちろん、テストにおちるわけにはいきません。

けれどスピカには、何がいけないのか、どうしてもわからないのです。

それなのに、プロキオンはスピカに聞こえるほどの大きなため息をつきます。

「これじゃなんどやっても同じだよ。テストにおちたら、スピカのせいだからな」

スピカはぐっとくちびるをかみしめました。

「わたしだって、こんなにいっしょうけんめいなのに……プロキオンのいじわる！　もう知らない！」

そう言うと、みんなに背をむけて、とびたちました。

❦❦❦❦❦ ✦ ❦❦❦❦❦

「はぁ……はぁ……」

ひとりになれる場所まできたスピカは、息をととのえました。何も食べていないのに、にがいあじが口の中に広がってきます。

（こんなににがいのは、友だちにあんなことを言っちゃったから……？）

そして、けんかしたままにげてきてしまったことを、ちょっぴり後悔しはじめました。

でもやっぱり、スピカにはなっとくがいかないのです。スピカの星は、今までで一番かがやいたというのに。どうして、あれではだめなのでしょうか？

「なんでだろう？　わたし、どうしたらいいの？　こ

　んなとき、だれかとお話できたらな……」

　ふと思いだされたのは、ビッグヒューマルにいる、せいらの顔でした。

　（せいらなら、なんて言うかな？　会いたいよ、せいら！）

　そう思ったら、がまんできるスピカではありません。

「リルリルフェアリル〜！」

　魔法のキーをふると、フェアリルドアがあらわれま

した。スピカのドレスも、お気に入りの黄色いドレスにチェンジしています。

　そして、ドアがゆっくりとひらき、中からまぶしい光があふれました。

　そう、このドアは、せいらのいるビッグヒューマルにつながっているのです。

　スピカは、ドアのむこうがわへとびこみました。

ビッグヒューマルへ！

　ぽん！

　せんをぬいたような音がして、スピカはフェアリル
ドアからとびだしました。

　ところが、そのとたん、何かやわらかいものにぶつ
かって、スピカはぽよ〜んとはねかえされてしまった
のです。

　「きゃっ!?」と、スピカが小さな悲鳴をあげると同
時に、スピカのよこからも、「きゃっ!?」と、同じよ
うな悲鳴が聞こえました。

　「え……？」

　よくよく見ると、スピカの目の前には、スピカの頭
と同じくらい大きな大きなまん丸の目がふたつ。

　「ええっ!?」

　そこは、白や黄色、赤やオレンジなど、それはたく

さんのバラの花がさいている花だんでした。

　おどろいたスピカは、思わずとびのいて、ゆれているバラの花にかくれました。

　ビッグヒューマルにくるときには、ほんとうは、すがたが見えなくなる魔法をかけなくてはいけないことを、すっかりわすれていたのです。

　そして、そーっと花びらの間からのぞいてみました。

　そこにいたのは、右がわのほっぺたをおさえたヒューマルの女の子。スピカがぶつかったのは、女の子のほっぺただったようです。

　「せいら……じゃない……よね？」

女の子は目を丸くして、スピカを見つめています。

　見えなくなる魔法も間にあいません。こうなったらにげるしかありません。スピカは、女の子とはんたいの方向に、あわててとんでいこうとしました。

　ところが、女の子は「まって！」とさけぶと、むんずとかた手でスピカをつかまえてしまいました。

　その力が思いがけず強くて、スピカはこれっぽっちもうごけません。

　口をぎゅっとむすんだしんけんな顔が、近づいてきます。

　（ど、どうしよう……！　このままだと、もしかしたら……！！！）

　スピカは、ぎゅっと目をつむりました。

　まぶたのうらに、自分が小さな鳥かごに入れられて、目をギラギラさせた、おおぜいのヒューマルにかこまれているすがたがうかびます。

　（そんなのいやー！　だ、だれかたすけてーっ！！）

　ところが。その女の子は、スピカのドレスにそっと

27

手をのばすと、

「すてき！　なんてきれいなドレスなの！」

　スカートをかるく引っぱったり、ちょっとうらがえしたりして、かんさつしはじめました。

「そっか！　こうすればいいんだ！」

　とつぜん、スピカをつかんでいた手をはなすと、スケッチブックをとりだして、何かをかきはじめます。

　スピカは、このすきににげだそうと、小さくちぢこまったふたつの羽を必死にふるわせました。

　でも、女の子がただひたすらに何かをかいているようすが、気になってしかたありません。

　そこで、そっと背中のほうにまわって、スケッチブックをのぞいてみることにしました。

　（ちょっとだけ。見つかる前ににげればきっとだいじょうぶ。だから、ちょっとだけ……！）

　そう用心しながら、のぞきこんだとたん、

「わぁ！　すてき！」

　スピカは思わず小さな声をあげてしまいました。

　女の子のスケッチブックには、花だんにさいている
バラの花のように色とりどりのドレスの絵が、かか
れていたからです。

　スピカは、「いけない！」と、あわてて自分の口を
両手でおさえましたが、さすがにおそすぎました。

　女の子は、はっとしてスピカを見つめると、

「えっと……あなたって、もしかして……」

　そこではじめて気がついたように、大きな声をあ
げます。

「フェアリル!?」

「し、しーっ！」

　スピカはあわててジェスチャーでつたえます。

　そのとき、女の子はちらりと目をうごかしたかと思うと、またもやむんずとスピカをつかまえ、ちょっとらんぼうに自分のポケットにおしこんでしまいました。

　スピカはポケットの中でさかさまになったまま、必死にもがきます。でも、女の子がぎゅっと上からおさえていて、出られそうにありません。

「え！　今度こそ、ほんとうにつかまっちゃった!?　わたしのバカ！　なんでにげなかったのよーっ!?」

　そこに、何人もの男の子たちの声がしてきました。

　男の子たちは、サッカーの試合のことをワアワアと話しながら、花だんの前を通りすぎていきます。

　その声が遠くなったころ、スピカはようやく、そっと女の子のポケットからはいだしました。それでも、女の子は知らん顔のままスケッチをつづけています。

　もしかすると、男の子たちに見つからないようにたすけてくれたのでしょうか？

「あの……ありがとう」

　スピカは小さな声でそう言うと、今度こそ、とんでいこうとしました。

　女の子はそんなスピカを目だけでおっていましたが、「あ」と小さく声をあげて、またスピカをつかまえました。

「ええ!?　たすけてくれたんじゃなかったの!?」

　スピカはもうわけがわからず、頭がぐるぐるしてしまいます。

　でも女の子は、今度はぎゅっとつかむのではなく、やさしく花の上におろしてくれました。

そして、スピカのスカートをそっと引っぱって、手でアイロンのようになでてくれます。ポケットに入れられたとき、くしゃくしゃと丸まったスカートのすそがピンとのびて、もとのようにまっすぐになりました。

　「うん、これでいい。せっかくのすてきなドレスだもん。きれいにしなくちゃね」

　まんぞくげにそう言うと、女の子はスピカから手をはなしました。そしてスケッチブックにむかい、もう二度と、スピカのほうを見ようとはしませんでした。

　（なんだか、かわったヒューマルだなあ）

　そう思いながらも、もう一度小さくお礼を言って、スピカはようやく、せいらをさがしにとびたちました。

せいら、ひさしぶり！

　しばらくとんでいくと、公園の前に見おぼえのある
たてものがありました。

　そう、前にきたことのある、せいらの学校です。

　スピカは、いそぐ気もちをおさえて大きく深呼吸す
ると、もうせいらいがいのだれにも見つからないよう
に、自分に魔法をかけることにしました。

　「リルリルフェアリル〜　見えなくなるリル！」

　そこへ、男の子たちが走ってきました。

　スピカは思わず、首をすくめます。

　でも、男の子たちは、まったくスピカに気がつかず
に、そのまま走っていきました。

　（魔法が間にあったんだ、よかった……！）

　この魔法のおかげで、スピカが自由にとびまわって
も、もうだれも気がつきません。

　スピカは校舎の中へ入ると、ろうかを歩く子どもたちの間をスイスイととんでいきました。

「せいら♪　どこ♪　せいら♪　どこ♪」

　せいらの名前を、まるで歌うようなリズムでつぶやきます。

　せいらに会えると思うだけで、うれしくてたまりません。あんなに落ちこんでいたことなど、すっかりわすれてしまうくらい、心がうきたちます。

「いた！　せいらだ！」

　『3−4』とかかれた教室のまん中に、せいらが立っていました。

ところが、ようすがへんです。

こわい顔をした数人の友だちにとりかこまれ、せい

らはかなしそうにうつむいているのです。

（ええ？　せいら、どうしたの!?）

スピカがかけつけようとした、そのときでした。

せいらはすっと顔をあげると、おどりはじめました。

カツン！

かるい音を立て、つま先立ちになった両足には、ピンクのトウシューズをはいています。

　ゆうがにステップをふみ、くるりとまわったかと思うと、ふわりとジャンプ！　ひらひらとかろやかにうごく両手は、まるで花びらが風にゆれているようです。

　スピカは、せいらのうごきから目がはなせません。

　友だちのおこった顔も、せいらがおどるにつれて、やわらかい笑顔へとかわっていきます。

　そしてさいごに、せいらは、かた足を高くあげるアラベスクというポーズでおどりをおえました。

「すごい！　すごいよ！　せいら！」

　パチパチパチ！

　声と小さなはくしゅが、しずかな教室にひびきます。

（ん、だれのはくしゅ？　……え、わたし!?）

　そう、はくしゅをしているのは、スピカだけだったのです。かんげきのあまり、ヒューマルに見つかってはいけないという大切なきまりごとも、頭からすぽんとぬけてしまったようです。

みんなが、きょろきょろとあたりを見まわしはじめました。はくしゅがどこからきたのか、たしかめようとしています。

　これは、とてもまずいふんいきです。せいらいがいの人には見えない魔法をかけているとはいえ、もしだれかがぐうぜんスピカとぶつかったりしたら、大さわぎになってしまうかもしれません。

　（こうなったら……！　ええい！）

　スピカは、思いきってせいらのむねに、とびこみました。

　「スピカ !?」

　「えへへ、きちゃった！」

　スピカは、下からせいらの顔を見あげました。

　せいらのひとみが、さいしょは丸くなり、でもすぐにうれしそうに細められました。

せいらも、スピカに会えたことをよろこんでくれているのです。スピカも、顔をくしゃくしゃにしてわらいかえしました。

　ただ、スピカのすがたが見えていないまわりの友だちは、きょとんと首をかしげて、

「すぴ……か？　そんなセリフあった？」

　セリフのかかれたノートをめくりだしました。

（しまった！　魔法がかかっているからって、ゆだんしすぎちゃったかも……）

　きんちょうで、羽がひくひくとふるえてしまいます。

　するとせいらは、スピカをそっと両手でつつみかくし、こまったような笑顔をうかべて、こう言いわけをしてくれました。

「な、なんでもないの、ちょっとね、お水……のんでくるね」

　ただ、そう言っているせいらのくちびるも、スピカの羽のように、きんちょうでひくひくしていましたけれど。

せいらは裏庭までやってくると、あたりにだれもいないことをたしかめてから、スピカをつつんでいた両手をやさしくひらきました。

「ごめんね、スピカ、あつくなかった？」

「ううん、あやまるのはわたしのほうだよ。急にやってきちゃって……。それにおどろいて声も出しちゃったし……」

　でも！　と、スピカはつづけます。

「とってもきれいだったよ、せいら！」

　ちょっと会わない間に、せいらはきっと、バレリーナになるという夢をかなえるために、たくさん練習したのでしょう。

「バレエがあんなにうまくおどれるなんて、すごい！」

　スピカは、それいじょうはうまくことばにできなくて、かわりに、せいらのほおにぎゅっと自分のほおをくっつけました。

「ほんとうに？　うれしい！」

　せいらのほおから、あたたかさがつたわってきます。

「でも……ほかの子たちは、どうしておこってたの？
もしかして、いじわる、されてるの……？」

　言いにくそうにたずねるスピカに、せいらはおどろ
いたように声をあげました。

「ちがうよ！　あれは、学芸会の練習なの！」

「学芸会？」

　知らないことばです。

せいらが、学芸会とはクラスごとにお芝居を見せあう会のことだと、説明してくれました。

　せいらは主役で、花の精の役なのです。

　友だちのおこったようなこわい顔も、お芝居の演技だったのです。せいらが演じる花の精のおどりが、みんなの心をやさしくするという場面の練習をしていたのでした。

「そうだったんだ！　主役なんてすごい！　ちゃんと花の精に見えたよ！」

　スピカはせいらのまねをして、両手をひらひらとうごかしてみせました。

「うふふ！　上手上手！」

　せいらはパチパチと手をたたきましたが、ふとふしぎそうな顔になって、たずねました。

「スピカは、なんでまたビッグヒューマルにきたの？」

「あ！　そうだった！　せいらに会えたのがうれしくて、すっかりわすれちゃってた！　あのね……」

　スピカは、いっしょうけんめいに説明しようとしま

した。無事に流れ星のテストに合格したこと。でもテストはまだまだつづくこと。つぎの、流星群をつくるテストの練習がうまくいかなくて、友だちとけんかしてしまったことを……。でも気もちばかりあせって、うまくしゃべれません。

　そうしているうちに、友だちがせいらをよぶ声が聞こえてきました。

「スピカ、ごめんね、もうもどらなくちゃ。お話は練習のあとでまた聞かせてね」

　スピカは、こくんとうなずきました。

「うん、わかったよ。わたしもそのときは、もうちょっとうまくお話できるようにしておくね」

　スピカはせいらの肩にとびのり、ふたりでみんなのまつ教室へともどっていきました。

気になるあの子

　ふたりが校舎の中に入ったとたん、入り口の近くにあるせいらの教室から、声が聞こえてきました。

「ぜったいにいや！」

　その声は、どこか聞きおぼえのある声です。

「どうしたのかな？」

「なんだろう……？」

　せいらとスピカは、教室のとびらからおそるおそる中をのぞいてみました。

　するとそこにいたのは、花だんで出会った、あの女の子。手には、さっきと同じスケッチブックをもっています。

「あ！　あの子、知ってる！」

　スピカは小さな声を立てました。

「え？　ゆうきちゃん？　どこで会ったの？」

「うん、さっき花だんで。あの子も、おどるの？」

　スピカがそう聞いたのには、わけがあります。

　ゆうきは、せいらと同じように、ちょっとこわい顔をした友だちにかこまれていたからです。

「ううん、ゆうきちゃんは、みんなの衣装をデザインしてくれているの」

　デザインと聞いて、スピカはスケッチブックにかかれたドレスの絵を思いだしました。

あれは、衣装のデザイン画だったのです。

　「わたし見たよ！　すごくすてきだった。バラの花びらみたいにスカートがかさなった、ごうかなドレスのデザインだったよ！」

　ところが、せいらは「え……」と、考えるようにだまってしまいました。

　スピカが、どうしたんだろう？　と思うより早く、ゆうきのきっぱりとした声が聞こえてきました。

　「わたし、デザインは直さない。だって、これが一番すてきだもん！」

　ちょっとなきだしそうにも見える顔で、ゆうきはみんなをにらみつけると、教室をとびだしてきます。

　そして、あわててよけたせいらのよこを、何も言わずに、そのまま走っていってしまいました。

　「ゆうきちゃん！　……いっちゃった」

　ゆうきを見おくったせいらは、そこでふと、やけに肩がスースーすることに気がつきました。

　それもそのはずです。せいらの肩にすわっていたス

ピカが、いつのまにかいなくなっているのです。

「え！　スピカ⁉　どこ⁉」

　あたりを見まわしても、スピカのすがたはありませんでした。

　スピカは、走っていくゆうきの、パーカのフードの先にしがみついているところでした。

　ゆうきのことが気になって、気がついたらゆうきをおいかけていたのです。

（ごめんね、せいら。またあとでね！）

　心で、そうあやまるスピカです。

ゆうきは、走って校庭をよこぎると、校門を出て、そのままとなりの公園に入っていきます。

　ようやく立ちどまったのは、あの花だんの前でした。

　スピカがこっそり、ゆうきの顔をのぞきこむと、ゆうきはかなしそうに花だんのバラを見つめています。

　（さいしょに会ったときには、あんなにしあわせそうにバラを見てたのに……）

　そのとき、ゆうきのほおがフルフルとふるえたかと思うと、あっという間に、なみだがあふれてきました。

「なかないで！」

　スピカは、思わずそっとゆうきのほおにふれました。

「だれ！？」

　ゆうきは、おどろいてあたりを見まわします。

（そっか、見えない魔法をかけていたんだっけ！）

　でも、この子にならすがたを見せてもだいじょうぶ。

　ふしぎなことに、そんな気もちがあふれてきます。

　それに、どうしてないているのか、そのわけを聞い
てなぐさめたいと、心から思ったのです。
「リルリルフェアリル〜　見えるようになるリル！」
　スピカはいそいで魔法をときました。
　目の前にとつぜんあらわれたスピカに、ゆうきはこ
とばが出ません。
「あなた……！　さっきの!?」

スケッチブックをおとしたことにも気づかずに、そう言うのがせいいっぱいです。

「うん、フェアリルのスピカよ」

　スピカは、スカートを両手でつまむと、ちょこんとひざをまげ、ていねいにあいさつをしました。

「さっきは、たすけてくれてありがとう。ゆうきのおかげで、スカートもほら！」

　くるりとまわると、スカートがふわりと広がります。

「こんなにきれいなままだよ」

　ゆうきは、まだ目を丸くしています。

　スピカは思いきって、地面におちたゆうきのスケッチブックをめくりはじめました。

「よいしょ、よいしょ！」

　すると、さっき見たときよりも、もっとごうかになったデザイン画が出てきました。

「うわあ！　さっきよりごうかになってる！　このデザイン、どれもほんとうのバラのお花みたい。とってもすてきだね！」

　ゆうきは、そうほめられて、よほどうれしかったの
でしょう。にっこりと笑顔になりました。
「デザインがすきなの？」
　スピカがたずねてみると、
「うん！　わたし、大きくなったらファッションデザ
イナーになりたいの！」

　ないていたことなどわ
すれたように、ゆうきは
話しだしました。
　洋裁をするお母さんにつ
れられて、はじめて手芸屋さんにいったとき、生地や
糸がキラキラとかがやいて見えたこと。そしておねだ
りして買ってもらった材料で、はじめて人形のドレス
をつくったその日から、洋服のデザインに夢中になっ
たことを。
　「世界で一番、ごうかなドレスをデザインしたいの！
わたしのドレスで、世界中のみんなにキラキラかが
　　　　　やいてもらうのが夢なん
　　　　　だ！」
　　　　　　話すうちに、ゆうきの
　　　　　顔が、まるで水をもらった

　　　　　花のように生き生きとか
　　　　　がやきだしました。
　　　　　　ほおは赤く、ちょっと

鼻のあなが広がって、鼻の頭にあせもかいています。

　フェアリルのみんなも、ほんとうにすきなことについて話すときは、そうなります。きっとスピカも、そういう顔をして、星座をつくる夢のことを話しているにちがいありません。

　スピカは、がぜん、ゆうきをおうえんしたくなってきました。

　ところがゆうきは、すぐにまた、しずんだ顔にもどってしまいます。

「だけどみんなは、このデザインはお芝居にはつかえないって言うの……」

　また、ひとみになみだがあふれそう。

「でも、どうして？　理由はなあに？」

　思いきってたずねてみても、ゆうきは「わからない」と首をよこにふるばかり。

　スピカにも、こたえは見つかりません。

　（どうしてクラスのみんなが、ゆうきのデザインではだめだって言うのか、その理由を知らなくちゃ！）

そのとき、スピカの頭に、ひとりの友だちのフェアリルの顔がうかびました。

「そうだ！」

スピカが、急に大きな声をあげたので、ゆうきはお

どろいて、ぴょんと小さくとびあがりました。

「おどろかしてごめん！ でもね、リトルフェアリルに、すみれっていうフラワーフェアリルがいてね、

その子もデザイナーになるのが夢なの。デザインのことなら、その子に話を聞けば何かわかるかも！ ねえ、このデザイン画をかりてもいい？」

「うん、もちろん！ あ、でもこのままじゃ大きすぎない？」

ゆうきはデザイン画をやぶると、くるくるまいてス

ピカにもたせてくれました。

　スピカはキーをとりだすと、フェアリルドアをよびだします。

　「リルリルフェアリル～！」

　バラの花の間にうかぶ、小さなドアを見て、ゆうきは目も口もぽっかり丸くしています。

　「まってて！　すぐにもどってくるから！」

　スピカはそう言うと、ドアにとびこんだのです。

みんなで流す流れ星

ぽん！

いきおいよくとびだしたので、また
いせいのいい音がしました。

リトルフェアリルにもどったスピ
カは、そのままもうスピードでとんでいきます。

（いそいで、すみれをさがさなくちゃ！）

「スピカ！」

そこにベガの声がしました。スピカは羽を力強く
ぎゃくに羽ばたかせて、急ブレーキをかけます。

ブアッサブササ……

でも、あまりに急に、ぎゃくに羽ばたいたので、羽
がへんな音を立ててうごきを止めてしまい

ました。

「うわっ……!?　あああ！」

　スピカはまっさかさまにおちていきます。

　そこをだきとめてくれたのは、プロキオンとシリウスでした。

「よかった、間にあって！」

　シリウスがほっとしてため息をつきます。ベガもかけよってきました。

　3人とも、手に自分たちの星をもっているところを見ると、どうやら3人で流星群をつくる練習をしていたようです。

　スピカは、あわてておきあがると、お礼を言うかわりに、

「べ、べつに、たすけてくれなくてもいいのに……」

と言ってしまいました。

　ひどいことを言っているのはわかっています。でも、けんかのことを思いだすと、どうしてもすなおになれません。

だって、スピカの星はだめだと言われたのです。
「あのな！」
　プロキオンが言いかえそうとしましたが、いつもは
おとなしいベガが、さえぎりました。
「もうけんかはやめましょう。それよりも、スピカ、
ずいぶんいそいでいたみたいだけど？」
　親友のベガなら、協力してくれるかもしれません。
　スピカは思いきって、ゆうきのことをうちあけてみ
ました。
「あのね、ビッグヒューマルでゆうきって女の子に会っ
たんだ。その子は大きくなったらデザイナーになるっ
ていう夢をもってるの」
　スピカは、ゆうきのデザイン画を見せました。
「ね？　とってもすてきでしょ？　ゆうきは自分のデ
ザインしたドレスで、世界中の人をキラキラかがやか
せたいんだって！　でも……」
　スピカは自分のことのように、つらい気もちになっ
てつづけました。

「学校のお友だちに、ゆうき
のデザインじゃだめだって言
われて、とてもこまってるの」
　そして、アドバイスがもら
いたくて、すみれをさがして
いる、ということも。

　話を全部聞いたベガは、くすりとわらい、こう言い
ました。
「その子、スピカによくにているのね」
「ど、どこが⁉」
　ベガにそう言われて、スピカは聞きかえしました。
「うーん、とてもいっしょうけんめいなところかな」
「えっ！」
「わたし、スピカやその子の、そういうところがうら
やましいよ」
「えぇっ⁉」
　スピカは、声がうらがえってしまいます。
「うらやましくなんてないよ！」

（だって、わたしのつくる星はだめだって言われちゃうし、プロキオンともけんかしちゃうし、それに何がだめなのかさえ、ちっともわからないのに……）

ベガは、だまってしまったスピカの顔を、わらいながらのぞきこみました。

「だって、わたしは自信がないから、すぐみんなにあわせちゃう。スピカは、やりたいことがはっきりしてるから、みんなとぶつかっちゃうんでしょう？　わたしもときどき、そんなふうにできたらいいのになって思うの」

「でもでも！　わたしだって、みんなとあわせようとして……！」

スピカはハッとしました。

（あれ……？　わたし、みんなにあわせたことなんてあったかな？）

流星群は、みんなでひとつ。みんなのことを考えないまま自分の星を流しても、それでは、きれいな流星群になりっこありません。

そこまで考えて、スピカは、またもや息をのみこみました。

　（学校のお芝居も同じかな⁉　みんなでつくるお芝居なんだから、自分のドレスのことだけを考えてデザインしても、お芝居の中ではういてしまうのかな！）

「そっか！　そういうことなのかも！」

　先ほどベガに言われた、「スピカとゆうきはよくにている」ということばがよみがえります。

　気がついてみれば、ほんとうに、スピカとゆうきはよくにています。やっていることも、流星群とお芝居のちがいはあっても、そっくりです。

　スピカもゆうきも、キラキラかがやく星やドレスをつくりたい気もちばかりが先に立って、みんなのことはこれっぽっちも考えていなかったところまで、同じなのです。

「それなのに、わたしったら……！」

　スピカはプロキオンとけんかしたばかりか、さっきはたすけてくれたのに、お礼も言わずひどいことを言ってしまったではありませんか。

　スピカは、自分のしたことがはずかしくなりました。

「わたし……わたし……」

　にげだしたい気もちをおさえて、スピカはみんなに思いきり頭をさげました。

「みんな、ごめんなさい！」

　3人はおどろいてスピカを見つめています。

「わたし、プロキオンに星のことをだめだって言われてかなしかった。だけど、みんなといっしょに流星群をつくるじゃまをしていたのは、わたしだったんだね。プロキオン、ひどいこと言って、ごめんね」

　それでもまだ、プロキオンはおどろいた顔のまま、だまっています。

「……まだ、おこってる？」

　スピカはおずおずとプロキオンの顔を見つめます。

　プロキオンは口をもごもごさせていましたが、とうとう、かんねんしたように頭をさげました。

「いや、おれこそ言いすぎた。ごめん！」

　プロキオンも、ほんとうはスピカとなかなおりしたかったのです。

「ううん、わたしこそ！」

　スピカとプロキオンは、手をにぎって笑顔をかわしあいます。ベガとシリウスもにっこりとわらいました。

「これからは、テストに合格できるように、みんなで力をあわせていこう」

「うん！」

　リーダーのシリウスのかけ声に、全員でこたえた声が、青い空に元気よくひびいていきます。

　スピカは、まるでその空のように、広くはれやかな気もちになって、思いきり手をのばし、深呼吸をしました。

　すると、ポケットから、小さな星がキラキラところがりおちました。

　ずっと前にしまって、わすれていたのでしょう。

　スピカは、あたらしい気もちで、その星を流してみたくなりました。

　ふと見ると、ベガも、シリウスも、そしてプロキオンも、それぞれの星を手にもって、スピカを見つめています。

「星を流すなら、いっしょに流しましょうよ」

「4人じゃないと、練習にならなかったんだ」

「今度こそ、ちゃんとやれよ」

　プロキオンだけは、やっぱりちょっとらんぼうです

が、それでもじゅうぶんに気もちがつたわって、スピカはむねのあたりが、ポワッとあたたかくなります。

「うん、まかせて！」

　スピカは星をむねにだいて、こうねがいました。

　（みんなの星といっしょに、きれいな流星群になりますように！）

「それじゃあ……せーの！」

　シリウスのかけ声で、いっせいに星を流します。

「リルリルフェアリル♪　トゥインクルン♪
すてきな流星群になるリル〜！」

　星たちは、くるくるまわりながら、くっついたりは
なれたり。色は前のような水色にもならず、それぞれ
の色のままです。

　スピカも、ベガたちも、息をのんで見まもります。

（まさか、今度もしっぱいなの……!?）

　そのときです。どの星もみんないっせいにキラキラ
とかがやきだしたではありませんか。星は4人それぞ
れの色をはなち、まるであいさつをするように、くっ
ついてははなれ、はなれてはくっつき、やがてかがや
く流星群となって天の川を流れていきました。

「わぁ！　きれい！　きれい!!」

「まるで、光のパレードみたいね！」

「せいこうだね！」

「なかなかやるな、おれたち！」

みんな大<ruby>大<rt>おお</rt></ruby>よろ
こびです。

スピカはみん
なの手<ruby>手<rt>て</rt></ruby>をぎゅっ
とにぎると、

「ありがとう、プロキオン！　ありがとう、シリウス！
ありがとう、ベガ！　みんな大<ruby>大<rt>だい</rt></ruby>すき！」

さいごは、ベガにだきつきました。

みんなの顔<ruby>顔<rt>かお</rt></ruby>も、まるで星<ruby>星<rt>ほし</rt></ruby>のようにキラキラと光<ruby>光<rt>ひか</rt></ruby>って
います。きっとスピカの顔<ruby>顔<rt>かお</rt></ruby>も、ピカピカとかがやいて
いるのでしょう。

「わたし、ゆうきにも、つたえなくちゃ！」

スピカはキーをふってフェアリルドアを出<ruby>出<rt>だ</rt></ruby>すと、い
そいで、とびこんでいきました。

あのようすでは、ビッグヒューマルに出<ruby>出<rt>で</rt></ruby>たときに、
今度<ruby>今度<rt>こんど</rt></ruby>もまた大<ruby>大<rt>おお</rt></ruby>きな「ぽん！」という音<ruby>音<rt>おと</rt></ruby>がしそうです。

そこに、すみれが、りっぷやひまわり、ローズやり
んと、おしゃべりしながらやってきました。

「あ、ベガ。風の精霊が教えてくれました。スピカが
わたしのことを、大あわてでさがしているみたいだと。
なんのご用でしょう？」

「あ、えっと……」

思わず、顔を見あわせてしまうベガたち。

「ごめんね、スピカはもういってしまったの……。説
明するから、お茶にしない？」

すみれやりっぷたちも、ちょうどのどがかわいてい
たところです。笑顔で、そのおさそいをうけました。

見て！ 魔法のドレス

　フェアリルドアをとびだすと、そこは、ゆうきの部屋でした。

　スピカとわかれたあと、ゆうきは、そのまま家に帰ってきてしまったのです。そして、たくさんのデザイン画や生地、リボンやレースがちらばったゆかに、ぺたんとすわって、しおれているところでした。

　「どんなデザインにすればいいの……？　どうしたら

いいか、もうわからないよ……」

　ゆうきは、ひとりでいろいろと考えてみたものの、こたえが見つからず、とほうにくれているようです。

　スピカは、リトルフェアリルで気づいたことをつたえようと、いきごんで声をかけました。

「ゆうき！　あのね！」

　でも、よほどなやんでいたのでしょう。スピカを見るなり、ゆうきのまん丸のひとみに、またなみだがもりあがってきました。

「わ、わ、わっ！　おねがい、なかないで！」

　ゆうきがないてしまう前に！　そう思って、スピカはキーをとりだし魔法をかけました。

「リルリルフェアリル♪　トゥインクルン♪ お花のドレス、おどりだすリル〜！」

　すると生地やリボン、ビーズや刺しゅう糸がキラキラとががやきだしました。そして、するするっとうごいたかと思うと、ゆうきのデザイン画のとおりの、バ

ラの花のドレスになっていきます。

　白い生地とレースは、花びらの先がツンととがった白バラのドレスに。赤とピンクと黄色の生地は、フリルをかさねて、カラフルなバラのドレスに。むなもとやウエストには、ビーズでふちどりをした大きなリボンのかざりもつきました。

　そのドレスが、スカートを広げながらゆれているようすは、まるでお花のおしろのぶとう会のようです。

　ゆうきは、スピカが今まで見たことがないくらい、目を大きく見ひらいて、ドレスを見つめています。

　そのひとみに、もうなみだはありません。

「ゆうきのデザインするドレスは、ほら！　こんなにすてきだよ！」

　　スピカもうれしくなって、はしゃいだ声をあげました。

「うん！」

　　ゆうきの声もはずんでいます。

「だけど……どうして、このドレスじゃいけないってみんなは言うの……？」

　ゆうきの肩がまたおちて、お花がしおれたように小さくなってしまいました。

　スピカは、リトルフェアリルで考えたことを、ちゃんとつたえなくてはなりません。

　（できるかな？　でも……やらなくちゃ！）

「それはね、きっと、ゆうきがみんなのことを見てないから、だと思う」

　スピカは、いそいでつけたします。

「ううん、それはわたしもなんだ」

　みんなで流星群をつくるテストのための練習で、自分の星がキラキラかがやくことしか、考えていなかったこと。親友のベガがそれに気づかせてくれて、みんなともう一度星を流したら、今までいじょうにかがやく流星群になったこと。

　そのことをいっしょうけんめいにつたえました。

「ゆうきも、もう一度、お友だちの話を聞いてみて！

そうすれば、きっと、どうすればいいかわかると思うんだ！」

「友だちの話は……もう聞いたもん。わたしのデザインはだめだって……」

ゆうきは小さな声でそうこたえると、うつむいてしまいます。

ドレスも、へなへなと力をうしない、ただの生地にもどってゆかに広がってしまいました。

（わかってもらえなかったのかな……）

スピカのひとみにも、なみだがあふれてきそうです。

そのとき、ゆうきが、ハッとしたように顔をあげて「あ！」と声をあげたかと思うと、部屋のすみにつみあげられた生地の山をかきわけだしました。

「あった！」

中からゆうきがひろいあげたのは、一番下に丸めてあったうすいピンク色の生地でした。

バラの花のドレスの生地みたいに、ピカピカツヤツヤとはしていませんが、とてもあたたかな色合いで、

やわらかいはだざわりの生地です。

「これって……!?」

「前にせいらがもってきてくれたんだ。花の精のドレスに、この生地をつかってみてって」

「そうなんだ！　……でも、どうしてかな？」

スピカもゆうきも、その生地をじっと見つめます。

ほかの生地のように目をひく色ではありません。だけど、そうして見つめているだけで、心がふんわりとやさしくほどけてくるような気がします。

スピカは、ふと思いついて、ゆうきにたずねてみました。

「ねえ、そういえば聞いてなかったけど、お芝居はどういうお話なの？」

「あのね、ある森の中にだけさいている小さなお花があって、その花はみんなをしあわせにする力をもっているの。せいらは、その花の精の役なんだ……」

ゆうきはそうこたえると、また「あ！」と大きな声を出しました。

「どうしたの？　ゆうきちゃん」

「そのお花の色が、うすいピンクなの！」

「え！」

　スピカとゆうきは、もう一度、生地に目をおとしました。

「うん、きっとこんな色のお花だと思う。このピンクは、みんなをしあわせにする色って感じがする！」

　元気をなくしていたゆうきのほおに、さっと赤みがさし、目も生き生きとかがやきはじめました。

「わたし、お話のこともみんなのイメージも、今まで
ぜんぜん考えてなかった。だからみんなは、わたしの
デザインじゃだめって言ったのかも！」

　そう言うとスケッチブックにむかい、スピカのこと
をわすれたようにデザイン画をかきはじめました。

（きっと、うまくいくはず！）

　スピカはそんな予感がしました。

「できた！」

　何まいもしっぱいを
かさね、やっとあたら
しいデザイン画ができ
あがりました。

　それは、バラの花の
ドレスのようにごうか
ではありません。どち
らかと言うとおとなし

ようせいの
羽!!

やわらかい色の
花とリボン。

うすいピンクの
布！

yuki

いデザインです。

　でも、なんだかなつかしいような、やさしい気もちになるような、そんなかわいらしいドレスでした。

「明日の朝、これをみんなに見せにいこう！」

「うん！」

　明るくこたえたゆうきでしたが、すぐに顔を少しくもらせました。

「だけど……みんな、話を聞いてくれるかな？」

「きっとだいじょうぶ！　このデザインを見ているだけで、もうしあわせな気もちでいっぱいだもん！　花の精に、ぴったりのドレスだよ！」

　うれしくてデザイン画のまわりをとんでいるスピカを見て、ゆうきの顔にも笑顔がもどります。

（よかった！　明日が楽しみ！　……ふわあ〜）

　ほっとしたとたん、スピカは大きなあくびをしてしまいました。

　まどの外は、いつのまにかまっくらです。

「もうねる時間だね。今日はおとまりしていって！」

そう言うと、ゆうきはとびきりやわらかくてふわふわの生地をかさねて、スピカのベッドをつくってくれました。

　レースのカバーもかけてくれて、まるで夢の国のベッドのようです。

　スピカがベッドにとびのると、ふんわりとゆれてねごこちもさいこうです。

「わぁ！　おひめさまになったみたい！　ありがとう、ゆうき！」

「ううん、わたしこそお礼を言わなくちゃ！」

　ゆうきも自分のベッドにねころがり、笑顔でスピカを見かえします。

　　　スピカは、からだの中まで
　　　ふんわりとやさしくゆれ
　　　るような気がして、く
　　　すぐったくてたまり
　　　ません。
　　　「ふふふ！」

　わらいながら、ベッドのはしからはしまでコロコロ
と、ころがってみたり、はずんでみたり。

　そんなスピカを、ゆうきがにこにこ見つめています。

「ねえ、スピカ。フェアリルのすんでいる場所のこと、
教えて！」

「うん！　リトルフェアリルって言ってね、たくさん
のフェアリルがすんでいるんだ……」

　ふたりのおしゃべりはおわりそうにありません。

　カーテンのすきまからは、ゆうきのひとみのように
まん丸のお月さまが、ふたりの上にほのかな光をなげ
かけていました。

魔法のようにすてきなこと

　つぎの日、スピカとゆうきが学校につくと、みんな
は、教室で練習をしているところでした。トウシュー
ズをはいた、せいらもいます。

「ゆうきなら、きっとだいじょうぶ！」

　教室に入らずモジモジしているゆうきの背中を、ス
ピカは、思いきりおしてあげます。

　ゆうきは、ととと……と教室にふみこみました。

　みんなが練習をやめて、いっせいにゆうきをふりか
えります。

　いっしゅん、にげだしそうになったゆうきですが、

「ゆうきの名前のとおり、勇気をだして！」

　ほかのヒューマルには見えなくなる魔法のかかった
スピカが、ゆうきの耳もとではげまします。

　ゆうきは目をぎゅっとつむると、思いきってデザイ

ン画をさしだしました。

「あたらしいデザイン画をかいてきたんだ……」

ゆうきのドキドキする心ぞうの音が、聞こえてくるようです。となりをとんでいるスピカの心ぞうも、バクバクです。

みんなは、じっとデザイン画をながめていましたが、とつぜんわっと明るい声をあげました。

「うん、イメージにぴったり！」

「すごくすてきだね！」

「さすがゆうきちゃん！」

パッとおどろいたように目をあけたゆうきを、みんながとりかこみました。

「このドレスなら、背景の色も、もっとあわいグリーンにしたいな」

「同じようなうすいピンクのお花をかざらない？」

「照明もやさしい色にしないとね」

「それに、おどりやすそう。せいらのふりつけにジャンプをもっとふやしてもいい?」

　大道具や小道具、照明、それにふりつけのかかりの子たちが、どんどん、あたらしいアイデアを出してきます。

　せいらも、うれしそうにこたえました。

「うん、もちろん!　いいお芝居になりそうね!　ゆうきちゃん、すてきなデザインをありがとう!」

　あんまりおどろいたので、それまで何も言えずにいたゆうきでしたが、おずおずと口をひらきました。

「ううん、わたしこそありがとう、せいら」

　そしてまわりを見まわして、

「それに……みんな、今までごめんね。わたし、自分のデザインのことしか考えてなかったの……」

　友だちにあやまることもできました。

「ううん、わたしたちこそ、ごめんね」

「ゆうきのデザインは、どれもすてきだったのに」

「お芝居に夢中で、ひどい言いかたしちゃった」

　もちろん、友だちもみんな笑顔です。

　ゆうきも、それはそれは、かわいらしい笑顔をうかべます。それはスピカがはじめて見た、ゆうきの心からの笑顔でした。

「それでね、あの、もしよければ、ドレスのここにリボンをつけたいの。もっとかわいくなると思うんだ」

　ゆうきがデザイン画にかきこむのを、みんながとり

かこんで見つめています。スピカがベガたちと流星群をつくったときのように、どの子の顔もキラキラと光っています。

（わぁ！　みんな、キラキラしてる！）

うれしくてくるくるととびまわるスピカですが、ついよろけて、どん！　とだれかにぶつかってしまいました。

（いっけなーい！　びっくりして、見えない魔法もとけちゃった！）

でもぶつかったのは、運よくせいらでした。

せいらはそっと、スピカの体を両手でかくすようにすくいあげると、

「スピカ、ゆうきちゃんにどんな魔法をかけたの？」

いたずらっぽい顔で、こっそり聞いてきます。

「ううん、これは魔法じゃなくて……」

言いかけて首をひねります。

みんなで力をあわせると、ひとりのときよりキラキラとかがやいて、だれもが元気になれるのは、たしかに魔法のようにすてきなことです。魔法でないのならば、なんとよべばいいのでしょうか？

首をかしげるスピカに、せいらが思いだしたようにたずねました。

「そうそう。スピカのなやみ、とちゅうだったね」

「あ、そうなんだけど……でも、もうだいじょうぶ！」

スピカはすっかり元気になって、そうこたえました。

「そうなの？　それならいいんだけど」

「うん！　せいらとゆうきのおかげだよ！　ありがとう！」

スピカは、かんしゃの気もちをこめて、せいらのほおにキスをしました。

そして１週間がたち、学芸会の当日になりました。

ステージのスポットライトの中で、うすいピンク色のドレスをきたせいらがおどりだします。

スピカとゆうきは、ステージのそでで、きんちょうしてそのようすを見つめているところです。

おいのりをするように、ゆうきはむねの前で両手を組みました。その手がプルプルと小さくふるえています。

スピカはほんの少しも見のがさないよう、まばたきをがまんしました。

大道具の背景は、ドレスを引きたてるあわいグリーンだし、小道具のお花も森にさく花ばなそのものです。照明が、おどるせいらたちのすがたを、よりいっそうきれいにうかびあがらせます。

ゆうきがデザインしたドレスはやわらかくゆれ、せいらはまるで、ほんものの花の精のようです。

（花の精の森にいるみたい！）

　スピカとゆうきは、息をするのもわすれて、せいらを見つめました。

「みんなでいっしょにお芝居ができて、ほんとうによかった……」

　つぶやくように言ったゆうきのひとみには、なみだがあふれそうです。

　でもこれは、かなしいなみだではないことを、スピカは知っています。

　それにじつはスピカも、むねがふるえるような感じがして、気がついたら少しだけないていました。それほど、そのお芝居はすばらしいものだったのです。

　やがて曲がおわり、大きなはくしゅがステージをつつみました。せいらは、なんどもなんども、あいさつをくりかえしたあと、そでにいるゆうきを手まねきす

ると、みんなにしょうかいしました。

「このすてきな衣装をデザインしてくれた、ゆうき
ちゃんです！」

　ゆうきはギクシャクと手足をうごかして、なんとか
せいらのよこまでいき、ぎこちなく頭をさげました。

　おきゃくさんたちは、大きなはくしゅを、せいらと
ゆうきにおくってくれています。

「すごかったよ、せいら！　よかったね、ゆうき！」

スピカも、せいいっぱいのはくしゅをふたりにおくります。ふたりは自分たちの夢に、また一歩近づいたのです。

　まくがとじて、そでにもどってきたゆうきは、せいらやみんなとだきあいました。

　そして、まだはくしゅをしているスピカのところにやってくると、

「ありがとう、スピカ。スピカのおかげだよ」

そっとスピカを手でつつみ、だきしめてくれました。

「ううん、ゆうきがいっしょうけんめいがんばったか
らだよ！」

　そのとき、ゆうきがポケットから小さな布をとりだ
しました。広げてみると、それは夜空のようなむらさ
き色のドレスです。

「これ、スピカのためにつくったんだ。よければきて
くれる？」

　スカートはなんだんにもかさなって広がり、星のよ
うなスパンコールがキラキラと光っています。

「これをわたしに⁉　ものすごくすてき！　**リルリ
ルフェアリル！**」

　スピカはがまんできずに、さっそく魔法でそのドレ
スをきてみました。

　すると、ドレスはもっともっとかがやくようで、ス
ピカは、自分が夜空の一番星になったような気がし
ます。

「ありがとう！　なんてすてきなの！　わたし、この

ドレスで流星群（りゅうせいぐん）のテストをうける！」

　かんげきして、スカートをひらひらとうごかすスピ
カを、ゆうきがはげましてくれます。

「がんばって！　スピカなら、きっとうかるよ！」

　そう、つぎは、スピカががんばる番（ばん）です。

「うん！　わたし、きっとすてきな流星群（りゅうせいぐん）を、みんな
でつくってみせるね！」

　スピカは笑顔（えがお）で明（あか）るく、そうこたえることができま
した。

みんなで力をあわせると

　ついに流星群のテストの日がやってきました。

スピカは、自分の星をぎゅっとだきしめます。

となりのベガも、同じように星をだきしめています。

　ふたりは、顔を見あわせてうなずき、あいずを出し

あうと、リトルフェアリルの天の川に、そっとそーっ

と星を流しました。

　ふたりの星はからみあいながら、スーッとすべるよ

うに流れていきます。

　少しおくれて、プロキオンとシリウスも、それぞれの星を流しました。

　みんなの星は、それぞれがきれいにかがやきながら、ひとつにまとまり、それはそれはうつくしい流星群となって、そのまま夜空へと流れていくのでした。

　しんさいん席のフェアリルゴールが、点数星をあつめて、空にはなちます。

　スピカは、あの日のゆうきと同じく、両手をむねの前で組んでいのりました。

　（おねがい！　合格させて！）

　すると点数星は、さいしょは「0」、つぎも「0」、そしてさいごに「1」の数字を形づくったではありませんか。

　「え！　えっと……0、0、1ってことは……！」

　「まんてんだよ、100点まんてん！」

　プロキオンが、スピカをうれしそうにこづきます。

　「やったわね！」

「ああ、やったね！」

　ベガもシリウスも大よろこび。スピカはまだしんじられない気もちで、点数星を見つめています。

　「よくがんばりましたね。みんなとたすけあって協力すると、ひとりだけのときとはまたちがう、すてきなものが生まれます。その大切さをわすれないでくださいね」

　フェアリルゴールがほほえみかけてくれて、スピカもベガも、シリウスもプロキオンも、まるで天にものぼるような気もちです。

「はい！」

　4人は大きな声で、返事をしました。

　そしてフェアリルゴールは、

「とくにスピカ、あなたはビッグヒューマルで、とても大切なことを学んできたようですね」

とやさしく話しかけてくれます。

「そのちょうしでがんばれば、全部のテストに合格して、星座をつくれるようになる日も近いでしょう」

スピカは、まるで自分が星になって、空でかがやいているような、はれがましい気もちになりました。

　でも、スピカはちゃんと気がついています。

　ベガやプロキオン、シリウス、それにせいらとゆうき。みんながいたから、テストにうかることができたのです。

　「ひとりで星をつくるのも楽しいけれど、みんなで力をあわせると、もっともっとかがやけるんだね！」

　スピカは、心からそう思いました。

　今回は、みんなでひとつのものをつくりあげる大切さに気がつくことができました。

　もしかすると、つぎのテストでも、何かを学ぶことになるのかもしれません。

　（こうして、ちょっとずつだいじなことを学べるのも、テストがたくさんある理由なのかな？）

　そして、リトルフェアリルでは学べないだいじな何かを、ビッグヒューマルは教えてくれる。きっと、これからも。そんな気がするスピカです。

スピカは家に帰ると、さっそく、せいらとゆうきに手紙をかくことにしました。

　つたえたいことがいっぱいで、かいてもかいても、おわりそうにありません。

　（ぜったいまた、あそびにいくよ！　ビッグヒューマルに！）

　そうちかうスピカのむねには、ふたりの顔が星のようにかがやいているのでした。

ゆうき & スピカ の ファッションデザイナー入門

ゆうきが夢みる「ファッションデザイナー」について、教えてあげる！

ファッションデザイナーって？

いろんな洋服をデザインするしごとだよ。どんな洋服がよいか考えてデザイン画をかいたら、その洋服につかう布の色やもよう、ボタンなどもえらぶよ。いつもさいしんの流行をチェックして、つぎに人気になるものを先どりすることも大切なの！

← デザイン画をかくようす

← いろんな布や糸の見本も見ながら、イメージをふくらませるよ！

いろんな布があるんだね〜！

ファッションデザイナーになるには？

「服飾系」や「美術系」と言われる、せんもんの学校で学んだあとに、アパレルメーカー（洋服をつくって売る会社）などで、はたらく人が多いよ。中には、自分でブランドをつくって世界的に有名になる人も！

← ファッションショーのようす
自分のデザインした洋服を発表するとても大切な場だよ

もっと勉強がんばるぞ〜！

この本を読んでくれたあなたなら、スピカたちとなかよくなれるはず。だれと何をしてあそぶか、あみだくじでうらなっちゃおう！　すきな花をえらんで、線をたどってみてね。

すみれ　ゆうき　スピカ　せいら　ベガ

おかしをつくりましょ！　おえかきがしたいな！　かくれんぼしない？　おかいものにいこうよ！　アクセサリーをつくらない？

ハートリボン
バニー♡

大きな
リボンと
うさぎの耳！

Back

しっぽのついた
バルーンパンツ！

yuki

あみあげ
リボン
ブーツ！

うさぎのドレス
には、ぜったい
赤いリボンが
かかせないの！

ベガのミルキ〜ドレス
☆〓

キラキラの
ネックレス

とろける
ようなドレス

yuki

スピカの 星くずドレス☆〓

ティアラ（キラキラ★）

流れ星
のベール

星くずの
ドレス

きっとにあう！！

yuki

ベガちゃんにはまだ会って
ないんだけど、スピカに話
を聞いてかいてみたんだ。

スピカにプレゼントした
ドレスだよ。思ったとおり、
すっごくにあってたなぁ〜！

✿ 作　中瀬理香 ✿✿

東京都生まれ、東京都在住。一般企業で働きながらシナリオスクールに通い、実写ドラマで脚本家デビューした。代表作にアニメ「ブリーチ」、「とっとこハム太郎」、「ふたつのスピカ」、「リルリルフェアリル」など多数。趣味は、映画や宝塚歌劇を鑑賞すること。

✿ 絵　瀬谷 愛（株式会社サンリオ）✿ ✿

東京都在住。多摩美術大学グラフィックデザイン学科卒業。2008年株式会社サンリオに入社、キャラクター制作部にデザイナーとして勤務。代表キャラクターにKIRIMIちゃん、、リルリルフェアリル。アニメ「リルリルフェアリル」のオリジナルキャラクターを担当している。

Special Thanks ☆ 宮崎奈緒子（株式会社セガトイズ）

リルリルフェアリル ❷

リルリルフェアリル　トゥインクル
スピカと魔法のドレス

2017年 10月　第 1 刷

作　★　中瀬理香
絵　★　瀬谷 愛（株式会社サンリオ）

発行者 ★ 長谷川 均
編　集 ★ 上野萌　富川いず美
デザイン ★ 岩田里香
発行所 ★ 株式会社ポプラ社
　　　　〒160-8565　東京都新宿区大京町22-1
振　替 ★ 00140-3-149271

電　話 ★（編集）03-3357-2216　（営業）03-3357-2212
インターネットホームページ ★ www.poplar.co.jp
印　刷 ★ 共同印刷株式会社
製　本 ★ 株式会社若林製本工場

写真提供 ★ Fotolia
キャラクター著作 ★ （株）サンリオ
FOR SALE IN JAPAN ONLY　販売地域:日本限定
© 2015, 2017 SANRIO/SEGA TOYS　S・S/TX・RFPC Printed in Japan
ISBN978-4-591-15591-2　N.D.C.913　103p　21cm

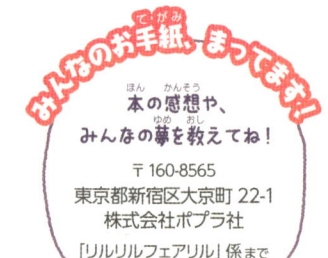

みんなのお手紙、まってます！

本の感想や、みんなの夢を教えてね！
〒160-8565
東京都新宿区大京町 22-1
株式会社ポプラ社
「リルリルフェアリル」係まで

落丁本・乱丁本は送料小社負担でお取り替えいたします。小社制作部宛にご連絡下さい。
電話0120-666-553　受付時間は月〜金曜日、9:00〜17:00（祝日・休日は除く）

本書のコピー、スキャン、デジタル化等の無断複製は著作権法上での例外を除き禁じられています。
本書を代行業者等の第三者に依頼してスキャンやデジタル化することは、
たとえ個人や家庭内での利用であっても著作権法上認められておりません。